جَدَّتي و ... يومِ السَّبْتِ

Grandma's Saturda

Written by Sally Fraser

Illustrated by Derek Brazell

Arabic translation by Wafa' Tarnowska

في صَبَاحِ يَوْمِ الاثْنَيْنِ، أَيْقَظَتْنِي أُمِّي بَاكِرًا.
" اِنْهَضِي يا مِيمِي وَالبَسِي ثِيابَكِ لِلْمَدْرَسَةِ."
قُمْتُ مِنْ سَرِيرِي تَعِبَةً وَنَاعِسَةً ثُمَّ فَتَحْتُ السَّتَائِرَ.

Monday morning Mum woke me early.
“Get up Mimi and get dressed for school.”
I climbed out of bed all sleepy and tired,
and pulled back the curtains.

كَانَ طَقْسُ الصَّبَاحِ غَائِمًا وبَارِدًا.
كَانَت الغُيُومُ في السَّمَاءِ بَيْضَاءَ وَمُزَغَّبَةً.
ذَكَّرَتْنِي بِقِطَعِ العَجِينِ المَسْلوقَةِ الَّتِي تَضَعُهَا
جَدَّتِي في حِسَاءِ يَوْمِ السَّبْتِ.

The morning was cloudy and cold.
The clouds in the sky were white and fluffy.
They reminded me of the dumplings in Grandma's Saturday Soup.

تَحْكِي لِي جَدَّتِي قِصَصًا عَنْ جَمَايْكَا عِنْدَمَا أَزُورُهَا فِي بَيْتِهَا.

Grandma tells me stories about Jamaica when I go to her house.

تَقُولُ: " إِنَّ السُّحُبَ في جَمَايْكَا تُحْدِثُ أَغْزَرَ الأَمْطَارِ.
كَأَنَّ أَحَدًا قَدْ فَتَحَ حَنَفِيَّةً في السَّمَاءِ.
تَدْفَعُهَا النَّسْمَةُ الدَّافِئَةُ فَتَطْلُعُ الشَّمْسُ مِنْ جَدِيدٍ " .

*"The clouds in Jamaica bring the heaviest rain.
It's like someone has turned the tap on in the sky.
The warm breeze moves them on and the sun comes out again."*

في صَبَاحِ يَوْمِ الثُّلَاثَاءِ أَخَذَنِي أَبِي إِلَى المَدْرَسَةِ.
كَانَ النَّهَارُ بَارِدًا وَمُنْعِشًا، إِذْ كَانَتْ قَدْ ثَلَجَتْ أَثْنَاءَ اللَّيلِ.

Tuesday morning Dad took me to school.
The day was cold and crisp; it had snowed in the night.

كُلُّ شَيءٍ اَبْيَضُ وَمَالِسٌ يُشْبِهُ قِطْعَةَ البَطَاطِسِ الحُلْوَةِ
الَّتِي تَضَعُهَا جَدَّتِي في حِسَاءِ يَوْمِ السَّبْتِ.

It's white and smooth and looked like the inside of a sliced yam.
Just like the yam in Grandma's Saturday Soup.

فِي يَوْمِ الأَرْبُعَاءِ تَسَاقَطَ الثَّلْجُ بِشِدَّةٍ أَكْثَرْ.
كَانَ الطَّقْسُ بَارِدًا لَكِنَّنِي كُنْتُ دَافِئَةً.
تَحْكِي لِي جَدَّتِي قِصَصًا عَنْ جَمَايْكَا
عِنْدَمَا اَزُورُ بَيْتَهَا.

Wednesday the snow fell harder. It was cold but I was wrapped up warm.
Grandma tells me stories about Jamaica when I go to her house.

تَقُولُ: " الشَّمْسُ تسطَعُ كُلَّ يَوْمٍ. الشَّمْسُ دَافِئَةٌ عَلى جِلْدِكِ
وَلا يَلْزَمُكِ إلا لَبْسَ البَنْطَلونِ القَصيرِ وقَميصًا بِأَكْمَامٍ قَصيرَةٍ ".
كُلُّ الأَيامِ دَافِئَةٌ ؟ بَنْطَلونٌ قَصيرٌ وَقَميصٌ بِأَكْمَامٍ قَصيرَةٍ ؟ أَنَا لا أُصَدِّقُ هَذا.

"The sun shines every day. The sun is warm on your skin and you only need to wear your shorts and a T-shirt."
Warm every day? Shorts and T-shirt? I can't believe that.

في فُرْصَةِ بَعْدَ الظُّهْرِ صَنَعْنَا كُرَاتٍ مِنَ الثَّلْجِ
وَرَمَيْنَاهَا عَلَى بَعْضِنَا البَعْضِ.

At afternoon play we made snowballs
and threw them at each other.

The snowballs remind me of the round soft potatoes in Grandma's Saturday Soup.

ذَكَّرَتْنِي كُراتُ الثَّلْجِ بِقِطَعِ البَطَاطِسِ
المُدَوَّرَةِ الطريَّةِ الَّتَي تَضَعُهَا جَدَّتِي في
حِسَاءِ يَوْمِ السَّبْتِ.

يَوْمَ الخَميسِ بَعْدَ المَدْرَسَةِ ذَهَبْتُ إِلى المَكْتَبَةِ العامَةِ مَع صَديقَتي لَيْلى وَأُمِّهَا.

On **Thursday** I went to the library after school with my friend Layla and her Mum.

عِنْدَمَا مَرَرْنَا بِالحَدِيقَةِ العَامَةِ رَأَيْنَا أَنَّ بُصَيْلاتِ النَّبَاتِ قَدْ بَدَأَتْ تَنْمُو. فُرُوخُهَا الخَضْرَاءُ الصَّغِيرَةُ تَظْهَرُ مِنْ خِلالِ الثَّلْجِ. كَانَتْ تُشْبِهُ البَصَلَ الأَخْضَرَ الَّذِي تَضَعُهُ جَدَّتِي فِي حِسَاءِ يَوْمِ السَّبْتِ.

As we passed the park we saw the little bulbs starting to grow. The little green shoots poked through the snow. They looked like the spring onions in Grandma's Saturday Soup.

Grandma tells me about the wonderful plants and flowers in Jamaica.
"In Jamaica the most beautiful flowers grow wild.
They are all different colours and sizes
and their smell fills the air."
I've never seen flowers like that before,
I wonder if she's only joking?

تُخْبِرُنِي جَدَّتِي عَنِ النَّبَاتَاتِ والأَزْهَارِ الرَّائِعَةِ فِي جَمَايْكَا.
تَقُولُ: " في جَمَايْكَا، ما أَجْمَلَ الأَزْهَارَ البَرِّيَّةَ التي تَخْتَلِفُ أَلوَانُهَا وأَشْكَالُهَا، وَرَائِحَتُهَا تَمْلأُ الأَرْضَ".
إِنَّنِي لَمْ أَرَ أَزْهَارًا مِثْلَهَا. اَتَسَائَلُ هَل جَدَّتِي تَمْزَحُ؟

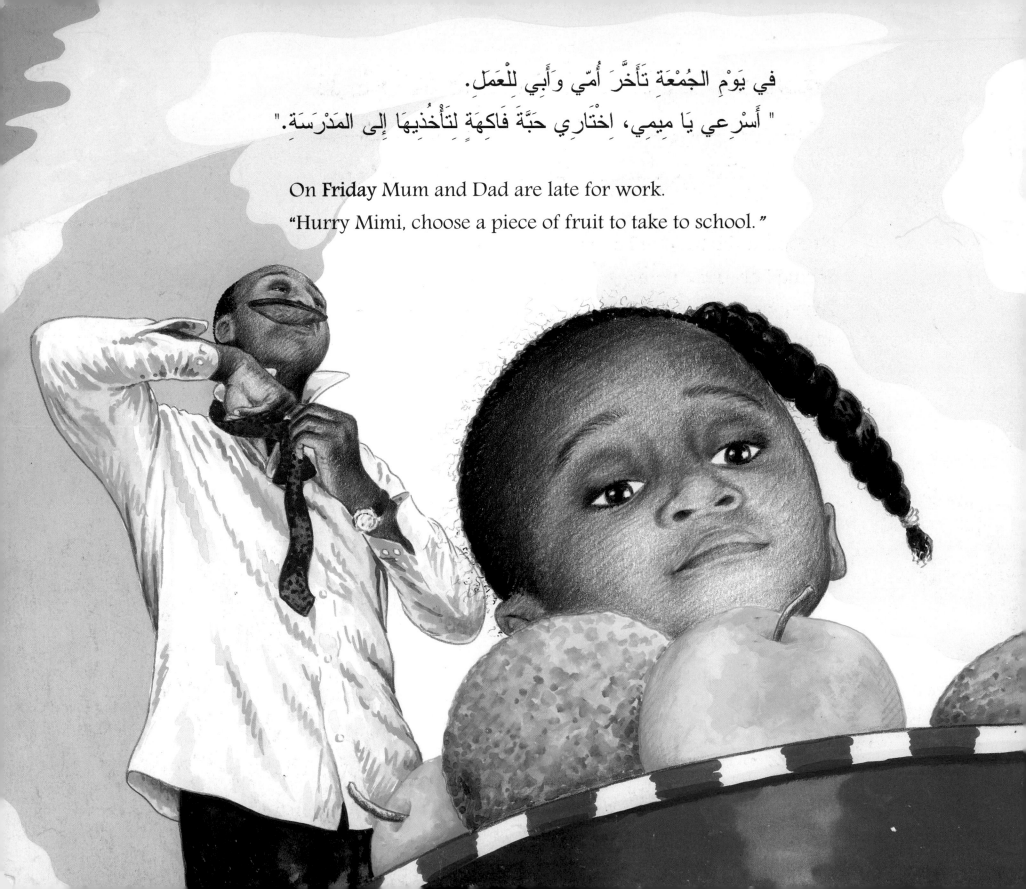

في يَوْمِ الجُمْعَةِ تَأَخَّرَ أُمّي وَأَبِي لِلْعَمَلِ.
" أَسْرِعي يَا مِيمِي، اِخْتَارِي حبَّةَ فَاكِهَةٍ لِتَأْخُذِيهَا إِلَى المَدْرَسَةِ."

On **Friday** Mum and Dad are late for work.
"Hurry Mimi, choose a piece of fruit to take to school."

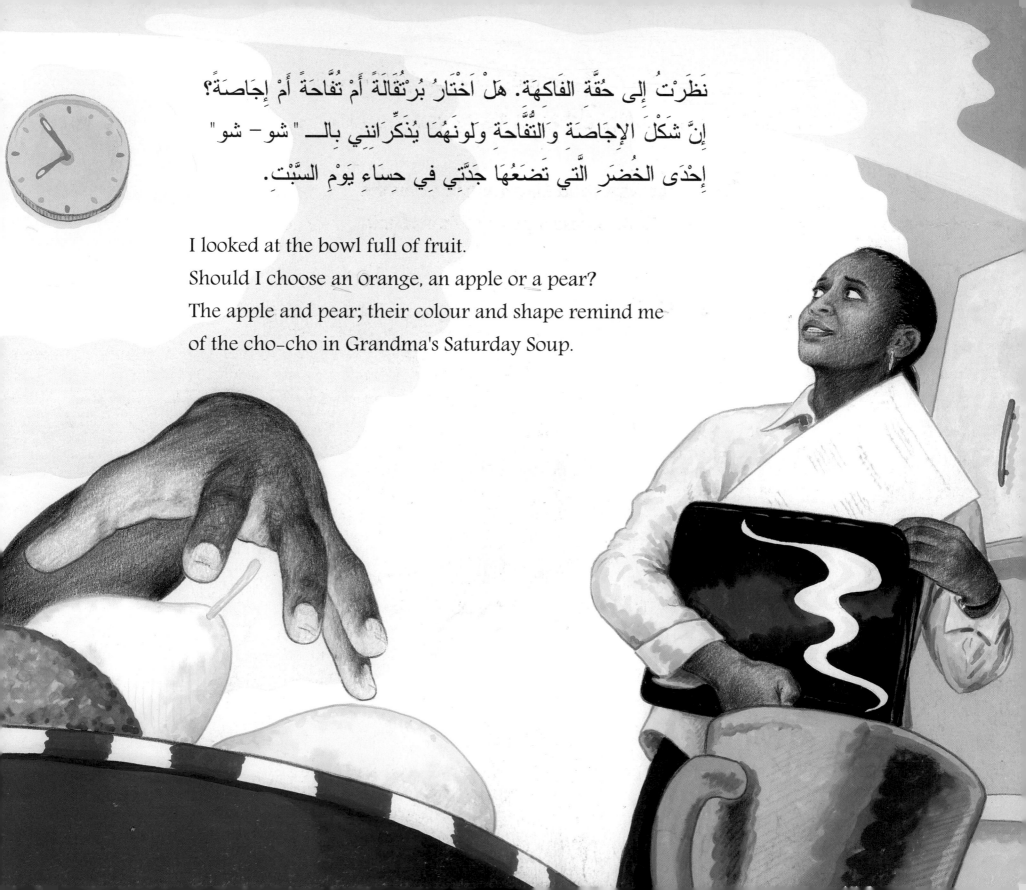

نَظَرْتُ إِلى حُقَّةِ الفَاكِهَةِ. هَلْ اَخْتَارُ بُرْتُقَالَةً أَمْ تُفَّاحَةً أَمْ إِجَاصَةً؟
إِنَّ شَكْلَ الإِجَاصَةِ وَالتُّفَّاحَةِ وَلونَهُمَا يُذَكِّرَانِنِي بِالـــ "شو- شو"
إِحْدَى الخُضَرِ الَّتِي تَضَعُهَا جَدَّتِي فِي حِسَاءِ يَوْمِ السَّبْتِ.

I looked at the bowl full of fruit.
Should I choose an orange, an apple or a pear?
The apple and pear; their colour and shape remind me
of the cho-cho in Grandma's Saturday Soup.

تُخْبِرُنِي جَدَّتِي عَنِ الفَاكِهَةِ فِي جَمَايْكَا.
تَقُولُ: " فِي جَمَايْكَا عِنْدَمَا تَمْشِينَ إِلى المَدْرَسَةِ،
يُمْكِنُكِ قَطْفَ الفَاكِهَةِ عَنِ الأَشْجَارِ،
مِثْلَ المَانْغَا النَّاضِجَةِ الرَّيَّانَةِ الحُلْوَةِ."

Grandma tells me about the fruits in Jamaica.
"In Jamaica you can walk to school and pick a piece of fruit from a tree, a ripe mango all juicy and sweet."

بَعْدَ المَدْرَسَةِ أَخَذَنِي أُمِّي وَأَبِي إِلى السِينَمَا مكافأةً على درَجاتي الجَيِّدَةِ.
عِنْدَمَا وَصَلْنَا هُنَاكَ كَانَتِ الشَّمْسُ سَاطِعَةً لَكِنَّ الطَّقْسَ مَا زَالَ بَارِدًا.
أَظُنُّ أَنَّ الرَبِيعَ قَادِمٌ.

After school, as a treat for good marks, Mum and Dad took me to the cinema.
When we got there the sun was shining, but it was still cold.
I think springtime is coming.

كَانَ الفِلْمُ رَائِعًا، وَعِنْدَمَا خَرَجْنَا مِنَ السِينَمَا كَانَتِ الشَّمْسُ تَغِيبُ وَرَاءَ المَدِينَةِ.
فِي غِيابِها كَانَتْ كَبِيرَةً وَبُرْتُقَالِيَّةَ اللَّوْنِ مِثْلَ القَرْعِ الَّذِي تَضَعُهُ جَدَّتِي في
حِسَاءِ يَوْمِ السَّبْتِ.

The film was great and when we came out the sun was setting over the town.
As it set it was big and orange just like the pumpkin in Grandma's Saturday Soup.

تُخْبِرُنـي جَدَّتـي عَنْ شُرُوقِ الشَّمْسِ وَغِيابِها في جَمايْكا.
تَقُولُ: " إِنَّ الشَّمْسَ تُشْرِقُ بَاكِرًا وَتُشْعِرُكِ بِالنَّشَاطِ وَتُعِدُّكِ لِلنَّهَارِ القَادِمِ".

Grandma tells me about the sunrise and sunsets in Jamaica.
"The sun rises early and makes you feel good and ready for your day."

" وَعنْدَمَا تَغيبُ الشَّمْسُ وَيَطْلُعُ القَمَرُ تَتْبَعُهُ آلافُ النُّجُومِ الَّتي تَلْمَعُ مثْلَ
المَاسِ في سَمَاءِ اللَّيْلِ".
مليونُ نجمةٍ، لا يمكنُني أنْ أتصوَّرَ هذا العددَ.

"When it sets and the moon comes out she is followed by a million stars that look like diamonds twinkling in the night sky."
A million stars, I can't even imagine that many.

رَكَضْتُ نَحْوَى البَابِ. كَانَ يُمْكِنُنِي أَنّ أَشُمَّ الرَّائِحَةَ الزَّكِيَّةَ.
إِنَّهَا رَائِحَةُ المَوْزِ الأَخْضَرِ وَالْ " شو – شو" وَالبَطَاطِسِ
الحُلْوَةِ وَالعَجِينِ المَسْلُوقِ وَالبَطَاطَا العَادِيَّةِ وَالقَرْعِ ...

I ran to the front door and could smell a delicious smell.
It's green bananas, cho-cho and yams, dumplings, potato,
and pumpkin...

وَالبَصَلِ الأَخْضَرِ وَالدَجَاجِ وَرَشَّةٍ مِنْ بَهَارَاتِ جَدَّتي البَلَدِيَّةِ
وَكَثيرٍ مِنْ مَرَقَةِ الدَّجَاجِ.
اِنَّهُ حِسَاءُ جَدَّتي في يَوْمِ السَّبْتِ!

spring onions, chicken, a good pinch of Grandma's
country seasoning and a lot of chicken stock.
It's Grandma's Saturday Soup!

فِي يَوْمِ الأَحَدِ زَارَنَا أَصْدِقَائُنَا فِي بَيْتِنَا لِلْعَشَاءِ.
إِنَّ أُمِّي وَأَبِي طَبَّاخَانِ مَاهِرَانِ، أَكْلُهُمْ لَذِيذٌ، لَكِنَّ أَكْلَتِي المُفَضَّلَةَ
عَلَى الإِطْلَاقِ هِيَ حِسَاءُ جَدَّتِي فِي يَوْمِ السَّبْتِ.

On **Sunday** we had friends at our house for dinner.
Mum and Dad are good cooks, their food is nice but my favourite
food in the whole wide world is **Grandma's Saturday Soup**.